香火·烽燧

王淳华　主编

大西山

Great Western Hills

北京出版集团公司
北京出版社

大西山

香火

Great Western Hills

"从前有座山，山里有座庙，庙里有个老和尚讲故事，讲的是什么？从前有座山，山里有座庙……"

这首歌谣，几乎所有的中国人都听过也说过，寥寥数语，循环往复，如同一个奇妙的轮回。没有人知道这首歌谣出自哪里，那山，那庙，还有那位老和尚好像近在眼前，又似乎远在天边。

一座庙宇，可以高山仰止，可以静立村陌，西山之大，庙宇几许，是否能听得见这古老的诉说，是否能望得见那缭绕延绵的香火呢？

立于山巅鸟瞰

十集大型人文历史纪录片《大西山》

第三集	《香火》

　　自汉代以来，道教、佛教、伊斯兰教、天主教和基督教先后传入北京，有的发源于中国本土，有的流传自异域之地，多种宗教在此地相安并存。尤其是佛教，北京一千七百多年的佛教发展史清晰地映射着北京城从一个边疆军事重镇到中国政治文化中心的历史发展流脉。

　　西山，现存的大小四百多座庙宇掩映在苍翠之间，堪称一方佛国。

北京拥有一千七百余年的佛教发展史

佛教进入北京之初的步伐走得比较迟缓，这片寂静的山林，似乎也在默默地等待着那些注定到来的因缘。

隋，一个仅存三十八年的朝代，虽然短暂但是终结了此前长达三百年的分裂和战乱，位于封建王朝边境的西山也等来了远游的僧人，北魏和北周的两次大规模灭佛，使中国的佛教遭受重创，而这座幽谧的山林却似一个温暖的港湾，给颠沛流离的出家之人一个相对安稳的避难修行之地。

大西山曾为佛教修行之人提供庇护

　　西山八大处三山环抱，这里分布着自隋唐以来建于各朝且留存于世的八座古刹，人称**八大处**。

八大处公园：京西著名的国家4A级风景名胜区，它的佛牙舍利是佛教界的圣物，吸引世界各地的人前来朝拜。它的禅林文化和人文景观交相辉映，三山、八刹、十二景闻名遐迩，古人赞美"三山如华屋，八刹如屋中古董，十二景则如屋外花园"，还说"香山之美在于人工，八大处之美在于天人，其天然之美又过于西山诸胜"。其中的八座古寺分别为长安寺、灵光寺、三山庵、大悲寺、龙泉庵、香界寺、宝珠洞、证果寺。

证果寺

中规中矩的寺庙，却几乎每一处都有传奇，人行其中仿佛一不留神就会错过一个玄奥的秘密。八处的证果寺独自坐落于东边的卢师山腰，寺前的水潭据说潜伏着大青小青两条龙。一口刻满经文的明代大钟，一座宝瓶状的石门，还有这个豁然开阔的庭院都把你引向一个神秘的所在，半山之上一块巨石横空而出，这就是秘摩崖。

证果寺：建于隋仁寿年间，是八大处中最古老的一座寺院，已有1300多年历史，位于北京西山余脉卢师山腰处，与翠微、平坡二山的寺院遥相对应。该寺最初名为"尸陀林"，唐朝天宝年间，改成"感应寺"。元泰定三年（1326年），改名"大天源延圣寺"，明正统景泰年间易名"清凉寺"和"镇海寺"，天顺年间，改名为证果寺。寺中有一株古黄连木树龄在600年以上，为京城所独有。

秘摩崖：位于香山八大处，胡适曾有一首诗名为《秘摩崖月夜》，写得很有意境，当年他与夫人江冬秀曾在这里疗养，却没有感到有多甜蜜，因为胡夫人裹小脚、不识字，不是新式文人胡适理想的伴侣，胡适接受这桩包办婚姻，是为了让母亲安心。秘摩崖的凄凉月色勾起他心底的哀伤，让他想起在杭州烟霞洞养病时，与表妹曹诚英相依相偎的快乐时光。

秘摩崖

相传八大处的第一缕香火就是从这里升起的，故事有关崖下这师徒三人。隋文帝时，有出家人**卢师**从江南独自乘船而来，顺水漂流，刚好船到秘魔崖下就停止不前了。卢师舍船上山，住在崖下修行，收大青、小青两童子为徒。大旱之年，二人现出龙形施雨救灾，卢师才知童子是青龙。后世把卢师尊为这里的开山祖师，这座山也得名卢师山。

卢师：名卓锡，浙江人，相传他年老辞官，欲择山修行。于是造一木舟，浮于河中，任其漂流，舟所止处就是其修行去处，如文中所述，舟在秘魔崖下停止不前，卢师舍船上山，在此修行。唐朝天宝年间大旱，几年不下雨，土地龟裂，庄稼都种不上，卢师所收两弟子现出龙形施雨救灾，卢师因此被皇帝诏封为"感应禅师"。

秘摩崖

每年农历四月初八是浴佛节，这一天是佛祖释迦牟尼的诞辰日，北京八大处的二处灵光寺信众云集，人们聚集在佛牙舍利塔周围，以浴佛的礼仪纪念佛祖诞辰。

浴佛节：又称佛诞日、佛诞节，为每年农历四月初八，是佛祖释迦牟尼的诞辰，传说他降生时一手指天、一手指地，大地为之震动，九龙吐水为之沐浴。浴佛又称灌佛，在古印度佛教中即为一种重要仪式，如今，世界各国各民族的佛教徒常以浴佛等方式纪念佛祖诞辰。浴佛仪式一般是在佛殿或露天净地举行，浴佛方式则是在庙寺前置一小浴亭，亭内供释迦小像，旁边盛着浴佛水。浴佛水即所谓的香汤，一般使用多种香料制成，还有些佛寺以药草熬制，如有甘草、百香草等，每位到寺中浴佛的信众，均可以讨要饮用，寓意着信众法喜满溢。

信众以浴佛之礼纪念佛祖诞辰

卢师乘舟图

这座庄严雄伟的**佛牙舍利塔**建成于1964年，供奉着举世瞩目的国宝佛牙舍利。相传是佛祖释迦牟尼留在世间的两颗佛牙舍利的其中之一。

佛牙舍利塔：为八大处灵光寺的中心，它金碧辉煌，呈八角形十三层密檐砖塔结构，高达51米，塔下为22米×22米的汉白玉拜台，四周环以汉白玉雕栏，矗立于西山山麓，是中华人民共和国成立后佛教界重建的佛塔，相传这里供奉着佛祖释迦牟尼留在世间的两颗佛牙舍利的其中之一，所以是中外佛教徒朝拜的中心之一。1983年，佛牙舍利塔被国务院列为汉族地区佛教全国重点寺院，现由中国佛教协会派僧人管理。塔前山门殿为佛牙舍利塔的拜殿，檐下悬巨匾，上题"佛牙舍利塔"镏金大字，为中国佛教协会原会长赵朴初先生所书。

佛牙舍利塔

　　南北朝时，高僧法献沿丝绸之路一路跋涉，将佛牙舍利从印度传入我国西域于阗，横穿中原大地供奉于建业，之后北上长安，辗转东行，故名"法献佛牙"。五代时期，中原战乱，佛牙舍利又传到了辽都城燕京，之后国宝就迎来了沉寂的漫长岁月。

　　在佛牙舍利塔的不远处有一个奇特的八角形建筑，这是建于辽代的招仙塔的塔基，由于招仙塔的塔砖上刻有佛像和佛塔图案，因此俗称画像千佛塔。1900年，八国联军的炮火使招仙塔毁于一旦，只留下这个孤寂的塔基。1901年，僧人在清理废墟时，只见杂乱的碎石瓦砾之中，露出一石函，石函打开，一方古朴的木匣上面墨迹清晰可辨："释迦佛灵牙舍利，天会七年四月二十三日记"。据此可知，这颗珍贵的佛牙入华一千五百余年，并已在这里供奉了八百多年。

招仙塔塔基

　　佛牙舍利作为佛教圣物，万众景仰，这幅佛牙舍利出访图描绘的就是佛牙舍利首次出巡国外的情景，1955年10月15日，载有佛牙的飞机抵达缅甸首都仰光机场。元首政要、各方信众恭迎，堪称盛况。这次出巡也揭开了新中国"佛牙外交"的序幕。

　　于信众而言，佛牙舍利福报苍生、护佑人间，于世界而言，国宝聚合人类文明、辉映西山。

佛牙舍利出访图

据《帝京景物略》记载："房山县西南四十里，有山好着白云，曰白带山。"隋朝初年，与卢师几乎在同一时期，一位僧人为了防止佛法灭失，发愿刻经于石，大业初年，他来到了房山的白带山下，看到山间云雾缭绕，霞光万丈，感到一种神奇的力量在召唤，于是决定留在这里，完成刻经于石的心愿，他就是被后世尊为房山石经开山祖师的**静琬法师**。白带山也因石经山之名享誉天下。

白带山云雾缭绕图（效果图）

静琬法师：生于佛教盛世，却将深邃目光投向了后世，深恐"一朝磨灭，纸叶难固长"，佛经再遭焚毁，所以萌生了将佛经刻于石上的念头。但要将几十万字佛经毫无差错地刻成碑文，并将石碑从山下抬到藏经洞，工程十分浩大，对经济能力、学识和毅力都是极大的考验。静琬法师一边四处筹资，一边对佛经进行认真细致的编辑整理及抄写工作。他虽没有看到石经最后刻成的情景，但由他开创的事业却延续到清朝，云居石经已成为研究佛教典籍与我国古代文化艺术的重要资料，赵朴初先生称之为"国之重宝""北京的敦煌"，日本学者认为它"是超过敦煌石室遗书和日本奈良写经的重要原典"。

静琬法师于此处刻经于石

当年静琬法师带领僧人工匠每日在山上负石行走，虽肩上沉重，但心有信念，脚步也自坚实。静琬于峭壁之上凿石为室，刻经于石，终日凿石不止，刻经不断。

2015 年秋天，云居寺的僧人们一早就准备好了香烛供品，来到一公里之外的石经山下，他们要到山上祭拜静琬法师。

走过最后的一百零八级台阶，到达静琬法师亲手开凿的雷音洞前，雷音洞是石经山上藏经洞中最大的一个，又称华严洞。四壁嵌刻着静琬师徒于隋代和唐初刻制的石经板一百四十六块。

雷音洞：位于房山区云居寺景区内，以珍藏有雕刻于隋、唐、辽、金、元、明 6 个朝代，绵延 1000 多年的 14278 块石刻佛教大藏经而闻名。2012 年 9 月 23 日，文物部门宣布，经考古专家研究，雷音洞被认定为中国现存最早的佛殿，建成时间为隋朝大业十二年，即公元 616 年。雷音洞是一座利用自然山洞、经过精密设计、人工构建的佛殿，不是一般性质的藏经洞，雷音洞内的 4 根千佛柱，共雕刻佛像 1056 尊，十分精美，每根重约 7000 至 8000 斤。当时面对崎岖、陡峭的山路，是如何将 4 根庞然大物运至雷音洞的，尚不得而知。

静琬法师刻经的壮举得到了大隋王室的支持，隋大业七年（611年），隋炀帝东征高丽，亲临北京，时称涿郡，皇后萧氏施绢千匹以助静琬，于是引得朝野上下争相为静琬法师刻经出资捐物，刻经得以顺利进行。

史料记载，静琬法师早就有建寺的初心，但由于缺乏木材一直未能如愿。事有凑巧，6月的一夜大雨，引起山洪暴发，数千株巨大的松柏顺流漂至白带山下，于是静琬法师招来工匠，在当地百姓的帮助下，利用这些木材建起了云居寺。唐贞观四年（630年），云居寺落成。

今天的云居寺是佛教经籍荟萃之地，寺内珍藏的石经、纸经和木版经，号称三绝。由静琬法师开启的刻经大业历经隋、唐、辽、金、元、明六个朝代，绵延一千零三十九年，石经被珍藏于石经山九个藏经洞和云居寺石经地宫中。如此大规模的石经世界罕见，被誉为"北京敦煌"。

云居寺石经博物馆: 位于北京市房山区南尚乐乡云居寺内,寺庙始建于隋唐时期,为五层院落,六进庙宇,南北两塔对峙,形制雄伟,寺内外古柏森然。云居寺是佛教经籍荟萃之地,其中最珍贵的"石刻佛教大藏经"始刻于隋大业年间(605年)。这些珍贵的石经不仅在佛教研究、政治历史、社会经济、文化艺术等方面蕴藏着极为丰富的历史资料,而且还有重要的书法价值和艺术价值,云居寺石经博物馆内还藏有大量文物。

云居寺石经地室

佛教言："由'无常'，可悟缘起缘灭，必能精进；由'无我'，可知性真性实，必得自在。"

　　仰望静琬法师墓塔——开山琬公塔，遥想静琬法师披荆斩棘，见石开山，平石刻经，只是为了了一个心念，偿一份夙愿，信念始终，终成正果。

开山琬公塔：据铭文记载，静琬法师生前对弟子们留下遗言，石经没有刻完，不准掩埋其遗骨。此后，历代弟子均在其精神激励下，篆刻石经。直到辽代刻了一万多块石经后，通理大师认为可以告慰祖师，便修建了开山琬公塔，将法师灵骨安放在塔下。琬公塔通体为石结构，高 6 米，形制庄重、肃穆，塔身东面正中有开山琬公之塔的铭刻，尤以仿木结构的三层角踆塔檐，以假乱真，独具匠心，是辽代雕刻艺术的精品。琬公塔旁有一石碑，石碑名为琬公塔院记，此碑为万历壬辰年（1592 年）立，主要记述的是达观大师被琬公所感动和慈圣太后发现雷音洞中的舍利子的事情。

开山琬公塔

北京老话说，"先有潭柘寺，后有北京城"；也有人说，"先有潭柘，后有幽州"；还有"火烧潭柘寺，水淹北京城"的说法。足见潭柘寺与北京城渊源极深。这座位于门头沟区宝珠峰下、九山环绕的潭柘寺是北京最古老的寺庙，始建于公元316年的西晋，这也意味着北京的佛教历史以潭柘寺的建立为纪元。

潭柘寺

潭柘寺这个名字其实是老百姓的俗称，以潭柘寺的风景命名，山上有龙潭泉水，山下有珍贵的柘树。有潭有柘，自然就叫了潭柘寺。潭柘寺历经朝代更迭，几度兴衰，每一次的重建、扩建都会产生新的寺名。如今潭柘寺山门上的匾额敕建岫云禅寺，就是清朝康熙皇帝的御笔，不过有趣的是无论皇帝怎么改，这座一千多年的西山古刹还是以潭柘寺闻名于世。

康熙皇帝御笔匾额

　　每到春节，很多北京人总是习惯到这里敬香祈福。在寒冬期盼春的来临。

　　寺内有棵银杏树曾被乾隆皇帝御封为帝王树。相传植于辽代，距今千年仍枝繁叶茂，据说此树能感知兴亡盛衰，清代每一位皇帝登基时，树上必生一个枝干，每逢皇帝驾崩，那个枝干会自裂或与母干合二为一，虽有附会之意，但是与树木的形态恰好吻合，不禁令人感叹自然万物的神奇。

帝王树

潭柘寺外，一条山路，游人罕至，拾级而上，却别有洞天。

几百年前的明代，一位老者常独自行走在这里，他，就是被明成祖朱棣尊为少师的姚广孝。一座红漆木门的院落就是其静修之地，人称少师静室。

姚广孝，法名道衍，明朝定都北京的关键人物。有记载说他三角眼，形如病虎，但学识广博，通儒、道、佛诸家之学。

少师静室

　　读书人学而优则仕，姚广孝也不例外，但他另辟蹊径，以僧侣的身份参政，运筹帷幄，辅佐朱棣在靖难之役中一举夺得皇帝的宝座，并定都北京，从而奠定了明王朝的政治格局。

　　功成名就，姚广孝婉拒了皇帝的封赏，执意在潭柘寺隐居修行，每日与自己的老友，潭柘寺住持——来自日本的无初德始禅师探讨佛理。

明代高僧姚广孝

无初德始禅师： 日本信州人，即现今的日本长野县，师名德治，字无初，号终极，幼年在本州出家，研究禅宗佛学。为深入钻研禅宗佛学，无初德始于青年时随日本商船来到中国，到杭州灵隐寺学习禅宗佛学。明初洪武年间，他再次来到中国，向各地的高僧大德学习佛法。后来在北京的庆寿寺，无初德始遇到了姚广孝，二人相见恨晚，每日里研讨佛法。永乐十年（1412 年），姚广孝向明成祖朱棣推荐了德始禅师，明成祖任命德始为潭柘寺钦命住持。德始禅师品德高尚，他赈济贫困，薄于奉己，厚以待人，受到佛教界内外的尊崇，在明代佛教史上有很高的地位。他在中国居住了 56 年，是日本在华高僧留居中国时间最长的一位，为中日文化交流，中日两国的友好往来做出了杰出的贡献。

　　关于北京城的建立，民间有很多传说，这本《姚广孝擒龙》的连环画，讲的就是姚广孝制服恶龙建立北京城的故事，传说当年姚广孝从潭柘寺的建筑和布局中获得了不少灵感，紫禁城的太和殿就是仿照潭柘寺的大雄宝殿而建，这种说法虽然并没有正式史书的记载，但是人们在潭柘寺的确能看到类似天坛和故宫太和殿样式的殿宇。

潭柘寺的大雄宝殿

高僧姚广孝与明成祖朱棣（效果图）

其实每个人都是佛陀，与其说每一次的祈愿是希望引一炷心香与佛相遇，不如说每一次都是在与自己相遇。法献的心怀大念，静琬的锲而不舍，姚广孝的能取能舍，这何尝不是一介凡人成就正果的缘由与禀赋呢。

从潭柘寺登上山坡，远望定都阁，相传，当年朱棣和姚广孝并肩在这里俯瞰北京城，决心在纷争离乱之后重建一个伟大的都城。晨光微露，西山苏醒，日复一日，风烟掠过，故人何在，今人何思呢？

　　西山有很多寺庙，虽然已经没有了出家人的身影，但是香火仍在，人气很旺。阳台山的大觉寺就是如此，寺院始建于辽，依山而筑，层次多变，清幽雅致，是很多北京人每年必去的地方。人们到此并不都为礼佛而来，而更像是赴一个静心与禅意的约会。

西山庙宇（效果图）

《鸿雪因缘图记 大觉卧游图》（局部）

到大觉寺寄情山水的雅兴由来已久，听泉品茗更是人生乐事，茶的妙处离不开水，大觉寺的水成名已久，辽代初建时称清水院，可见其水景之胜；到了金代，位列金章宗的西山八大水院之一，依旧沿袭清水院的名字。元灭金后，易名灵泉寺，仍以泉水为名，到明代改称**大觉寺**。当年，山泉绕寺环流，形成了多处水景，最后汇于前院的功德池中，可惜现在已经不复当年的流泉飞瀑。

古人画大觉寺，今人也画大觉寺，郭乾峰就是其中之一，这位八〇后画家是大觉寺的常客，小瓶里装的是矿物颜料，这种颜料在传统上用来绘制佛像。他喜欢在这棵千年银杏树下作画，树旁大殿上的匾额"动静等观"是乾隆皇帝的御笔，树下的画家临风作画。古今遥遥问答，动静相宜，正是今天西山寺中一幅画。

大觉寺：大觉寺又称大觉禅寺，是位于北京西山南麓的一座千年古刹，以清泉、古树、玉兰、环境优雅而闻名。它始建于辽代，在金代时成为金章宗西山八大水院之一，现在是北京市市级重点文物保护单位，作为北京市文物局下属的博物馆向公众开放。大觉寺内的古树非常多，有160余株，如1000年的银杏、300年的玉兰，古娑罗树、松柏等。大觉寺风景以大觉寺八绝为主，分别是古寺兰香、千年银杏、老藤寄柏、鼠李寄柏、灵泉泉水、辽代古碑、松柏抱塔、碧韵清池，到大觉寺，千万别错过了这八绝之景。

郭乾峰绘大觉寺

　　王丽萍是大雄宝殿的看殿人，每天面
对的是佛像、香客与游人。她的生活节奏
是规律而缓慢的，有时候她会不由自主地
向大殿的柱子上凝望，当年王丽萍的爷爷
是大觉寺最后一位僧人，后来被迫还俗。
就是这位有心人把大觉寺的契约文书藏在
了大殿的柱子上，珍贵的史料才得以保存
传世。

看殿人王丽萍

琴童孙宁伯

如今清朝雍正皇帝当年在大觉寺静修的居所四宜堂，已是一间茶室，堂前每逢节假日经常有古琴表演，像这样穿上长袍，系上腰带，戴上头冠，扮成一位古代少年，对于十岁的孙宁伯来说已经成为习惯，六岁学琴，如今每天练琴是这个五年级小学生生活的一部分。

　　1920 年 5 月，北京梨园界发生过一
件大事，为重修妙峰山喜神殿，北京的各
路名角儿会聚于王府井的吉祥戏院，进行
了为期两天的募捐义演，京城万人空巷。
演出阵容几乎囊括当时在京的所有名伶，
堪称中国戏剧史上绝无仅有。

吉祥戏院

砂峰山娘娘庙

这座喜神殿就在妙峰山娘娘庙，这里也是北京的另一个神奇之地。历史上北京民间有"五顶"的说法，康熙皇帝封妙峰山娘娘庙为金顶，地位在"五顶"之上。妙峰山娘娘庙名为敕建惠济祠，供奉佛、道、儒、俗各路神灵。孔子、老子与释迦牟尼佛供奉在一座殿内，集天下智慧之大成。碧霞元君、诸位娘娘、菩萨神仙，还有因做善事而得道的清朝大妈王三奶奶，菩萨神仙齐聚一寺，承接世人各种心愿，八方香火。

妙峰山： 北京市名山之一，京郊游览胜地，位于京西门头沟区境内，属于太行山余脉，海拔1291米，面积20平方千米，旧名仰山，以古庙、奇松、怪石、异卉而闻名，因山势雄峻，五峰并举，妙高为其一，故亦称妙高峰。山上林木葱茏，风景优美，尤以山南樱桃沟景色为佳，附近涧沟多玫瑰花。久负盛名的娘娘庙始建于辽代，是明清时期华北地区的民众信仰中心，喜神殿是全国唯一供奉"梨园"祖师李隆基像的喜神殿，无怪乎它的重修能引得在京所有名伶倾心相助。

初夏，妙峰山最好的时光，妙峰山中的玫瑰是珍贵的高山玫瑰，据说已经花开花谢五百年。

妙峰山玫瑰

今生一照面，多少香火缘，山水之间，佛我之际，因缘聚会，香火缭绕，是信念的绵延，是苦乐的往返，更是初心的发愿和梦想的历程。

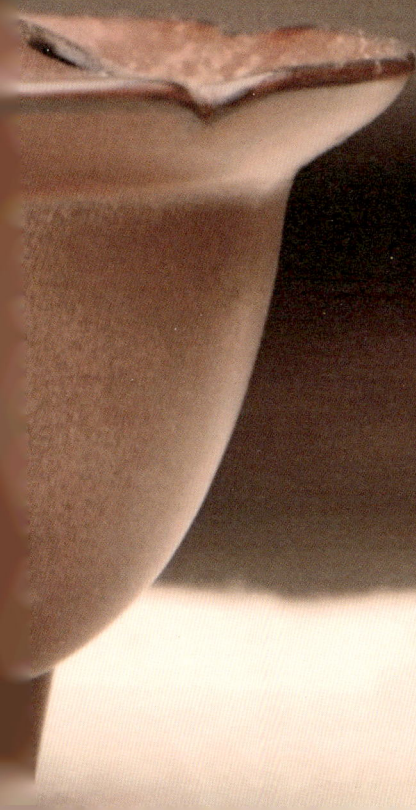

导演手记：

回望大西山之我的修行之路

/ 第三集《香火》分集导演　甄梅

　　《大西山》即将播出了，我深深地感到松了一口气。没想到当初一个随意的决定，不仅带来了与一座山三年的纠葛，更让我的人生开始了根本的改变。

接受《香火》之初

　　在接受《香火》这一集之初，我对佛教乃至于宗教可以说极少涉猎，一片茫然，无从下手。于是，我开始了一种疯狂的恶补，只要一有时间我就看书，查资料，我家沙发上下左右全都堆满了书籍，自从离开学校，还从来没有机会如此大批量地阅读过，简直可以与当年备战高考相比了。

打开新世界

深入的阅读让我发现了一个新的世界，像打开了一扇门，出现在我面前的是一个广阔的、深邃的、智慧的空间，我无比欣喜，无比敬畏，无比感动。先贤们在这一座山脉所留下的弥足珍贵的一切，在默默地等待着我的到来，逐步唤醒我沉睡的思想与灵感，发现一个真实的自我。

摄像指导李力在潭柘寺拍摄楞严坛

摄制组在山顶拍摄潭柘寺全景，右一为摄像指导李力，右二为邹春雷

　　我的泪点很高，尤其过了 40 岁，更难有泪流满面的时刻。但是在大西山，我却情不自禁地落泪，很多很多次。这座山仿佛与我有缘，而且是一种不可分割的血缘，骨肉相连，心心相印。每当我迷惘的时候，总有一个声音在我的心底指引方向，促使我坚持！我曾经凌晨从东三环跑到门头沟拍摄日出时分的妙峰山玫瑰。多少次等待多少次追寻，为了拍摄一个理想的镜头，所有的人都拼尽了全力。我从一个不习惯野外工作的人，变成了山的女儿。三年之中，已经记不清多少次登上山顶，山风猎猎，吹散了身心的尘埃，焕发了全新的活力。我才渐渐地懂得，拍摄的过程就是一次修行。前所未有

摄制组在石景山八大处拍摄，右一为分集导演甄梅，她正通过监视器审看镜头

的工作强度，前所未有的对心理生理的极限挑战，于我却越来越感觉到发自内心的愉悦。

西山古刹名寺众多，400多座寺庙掩映在苍翠之间，潭柘寺、云居寺、大觉寺、八大处灵光寺、妙峰山娘娘庙等等，既有皇家敕建的宏大寺院，也有静立乡路边的小巧村庙，行走在古老与庄严之间，仰望历史的天空，我的心不知不觉沉静下来，都市的喧嚣已经被抛到了天边外。

越走近，越了解，越感恩

越走近，越了解，也就越感恩。除了感恩，再难有其他来形容我此刻的心情。人到中年，从没有想过还会有这样的改变，很多看似不可能的事情竟然都实现了，与其说我是经过千辛万苦完成了一部纪录片，倒不如说是命运的眷顾，让我真正开始人生的修行，从而有机会有能力去完善自我。特别感谢大西山的各位有缘人，在修行的路上，我发现了、收获了、感悟了，真正不枉此生！

摄制组在云居寺拍摄浴佛节盛况，摄像机旁左一为摄像张鹏

大西山

Great Western Hills

烽烟

　　1949 年 1 月，中央直属机关供给部副部长范离和他的同事们，受中共中央的指派前往北平执行一项秘密任务。当时北平刚刚和平解放，中共进驻北平的时机已经成熟，按毛泽东的话说是到了"进京赶考的时候了"。

河北省西柏坡村

　　北平，这个后燕、辽、金、元、明、清六朝的都城，时下守卫这座城市的傅作义拥兵五十万，兵强马壮，城池坚固，但在与解放军的交战中屡战屡败，已经在一个月前签署了和平解放北平的协议。

一个光明的时代即将开启

范离前往北平城的第一站并没有直接进入这座有着完备建制的城池，他遥遥西望，将目光落到了峰峦叠嶂、险关重重的大西山，这就是中共最高指挥机构迁址的所在。

"中共第一次进京赶考"：1949 年 1 月，中共中央交给范离和他的同事的秘密任务，是通过实地考察，确定中共中央在京驻地，当时有颐和园、香山、八大处和新北京这几个备选项。范离一行到达北平后，直奔已解放的西郊。经周密的实地考察，范离发现颐和园是旅游景点，如果作为中共中央办公居住地，就得封园，这不太现实；而八大处和万寿路因房屋不足的缘故，也被放弃了，最后他们把目标锁定在了香山。

香山公园（北京市海淀区）

有人说大西山是中国农耕文明与游牧文明的分界线，它所形成的天然屏障，在中国五千年的文明史演进中，起到了分界两个文明的作用。

大西山，中国农耕文明与游牧文明的分界线

　　大西山，峰峦叠嶂，大规模的兵团作战不可能在山中展开，只能在山外进行。在朝代更替之时，守方与攻方的战争，许多是发生在大西山以西、以北的盆地中。这一场场决定王权存废的战争，写进了中国历史的烽烟卷册。

十集大型人文历史纪录片《大西山》

| 第四集 | 《烽烟》 |

涿鹿之战纪念公园（河北省张家口市）

　　视野回溯到五千年前的大西山，黄帝在征服原各族的过程中，与炎帝两部落联盟在阪泉进行了一次关键之战。阪泉之战对开启中华文明史、实现中华民族第一次大统一有重要意义。

　　阪泉位于北京延庆的阪泉村，也有史书把这场战役称为涿鹿之战，两地相距不远。此战可以说是游牧文明与农耕文明的一次交战。阪泉之战以后，黄帝、炎帝连同分别从属于他们的一些部落结成联盟，形成了超越亲属部落联盟的新型联合体的雏形，黄帝的领导地位确立，从而拉开了一个襟怀华夏统一梦想的英雄时代的帷幕。

中华合符坛（涿鹿之战纪念公园）

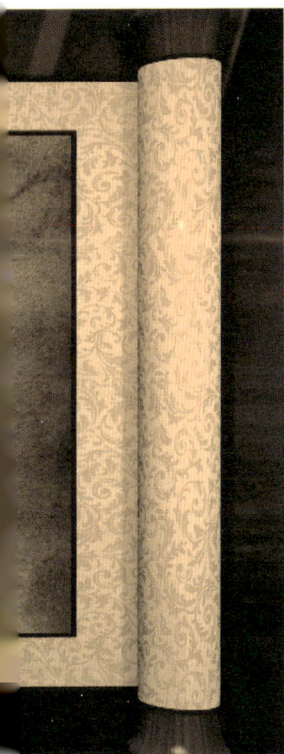

　　春秋战国时期，小国林立。汉族在争战中原之时，时刻警惕北方游牧民族的侵扰。马墙、壕沟、城墙成为对付骑兵的利器，位居北方的燕国承担起了抵御外族的重任。燕国的长城在如今北京市昌平区最早开建的年代是公元前283年。这段长城后虽遭废弃但历经两千四百年风雨，仍旧立于山崖。

　　烽烟不散，大西山的天空依然飘散着征战的纷乱喧嚣。

春秋战国地图

燕国长城遗址

大西山不仅是战场，还是战争的策源地。在唐代，北京一带叫范阳，安禄山在任范阳节度使期间，发动了一场横扫华北平原的战争——"安史之乱"。

"安史之乱"实际上是一场争夺唐朝统治权的战争，但其始作俑者安禄山在起兵几年后被其子所杀。之后，史思明的兵乱又使唐朝曾经的安宁富足雪上加霜。这场发端于大西山的战争，让唐朝人口锐减60%。

对于守卫者，山可以作为抵御的屏障；对于进攻者，山处处是袭击的战道。中原兵乱，国力衰微，北方少数民族乘虚而入。从唐末北宋开始，同时期不断发展壮大的辽、金不断南进。辽甚至将国都之一南京建在燕都蓟城。自1123年开始，昔日被汉族称为幽州、蓟城、燕都之地，第一次成为其他民族政权的陪都。

从辽建南京到明朝建立，燕京经历了辽、金、元、明四个朝代。明以前的朝代在燕京均不足一百二十年。战事不断，朝代更替，燕京以北的大西山，成了一个个北方少数民族争战的主战场。

燕都蓟城，又称幽州

　　大西山，绵延纵横，南北厚达百余里，在北京西部成环状围抱着这片平原。在太行山部分仅有东西两个通道可以通行，一个是被称作"**关沟**"的地方，一个是被称作"**紫荆关**"的地方。

关沟：位于北京市西北昌平区、延庆区境内，长约 18 千米，西北起八达岭长城，东南止于华北平原，自古以来就是华北平原与蒙古草原之间的重要交通要道，也是古代兵家必争之地。地理学上习惯将关沟作为太行山与燕山的分界线，沟东属燕山脉，沟西属太行山脉。实际上，关沟两侧的山体形态并无显著差别。

紫荆关：长城的关口之一，由拒马河北岸的小金城、南岸的关城、小盘石城、奇峰口城、官座岭城这 5 座小城组成，位于中国河北省易县城西 40 千米的紫荆岭上，是河北平原进入太行山的要道之一，有"一夫当关，万夫莫前"之险。东汉时名为五阮关，又称蒲阴陉，列为太行八陉之第七陉。

关沟（北京市昌平区）

紫荆关（河北省易县紫荆岭）

这个山谷隘口成为进入华北平原的主要通道，既可挥兵南下，又可回师东北。辽将南京建在此处，占尽地利之要。然而，曾经雄心勃勃的辽在安逸自满中将斗志和狼性消磨殆尽。

1125 年 10 月底，金从紫荆关、古北口两路向宋发起攻击。从紫荆关入京的军队转入昌平反攻居庸关得手，转而以四面之势包围燕京，之后就是攻城、进城。

1153 年金中都建立，北京开启又一个新帝都时代。

"生于忧患，死于安乐"，真理真是颠扑不破。

金中都

1211年，一个更强大的对手虎视中原，他，就是成吉思汗。41岁、有着狮子一般雄心的成吉思汗望着南方，眼前的强敌是金国，再往南，就是南宋王朝。

虎狼之师，虎狼之势，当年的8月，大胜金兵于乌沙堡，之后野狐岭、会河堡一再完胜对手，三场战役蒙古军队歼灭金兵近五十万。

大战之后，自然就是攻夺要塞强关了。

中国十大险关之首——居庸关位于燕山与太行山两大山系交汇处，其南侧关沟是一条由北向南张开的喇叭形关口，北部最窄处仅可一车一骑通行。

呈喇叭形关口的居庸关

兵强马壮的成吉思汗在宣化两次大胜金兵之后，居庸关久攻不破，转而进攻紫荆关，攻涿州，同时派精锐从内向外攻居庸关，攻破居庸关后合围中都。

成吉思汗大军入主中原，1271 年元大都建立。

1271年元大都建立

元朝只存在了九十余年，曾经的统治者被明朝军队驱赶回草原，并最终消亡于**捕鱼儿海**。

捕鱼儿海之战：这是明朝洪武年间在捕鱼儿海彻底终结元朝的最后决战。捕鱼儿海又称清水泊，就是今天的贝尔湖，位于呼伦贝尔草原的西南边缘。蒙古贵族在退回北方草原后继续保持着政权，史称北元。北元政权持续了200多年，差不多与明朝相始终，最后统一于清王朝。捕鱼儿海之战是明太祖的第六次北伐，代表着"蒙古梦"的最终破灭。

明朝自从定都北京开始，汲取前朝经验教训，对西山的防御重视程度大大超过历朝历代。

居庸关长城

汉族擅长土木工程，从春秋战国时便在荒无人烟的地方修筑城墙。对于生活在平原的民族来讲，可能没有比"墙"更让他们感到安心的建筑体了。有了围合的城，便可以休养生息。汉地不产马，而城墙与壕沟可以很好地防御快速移动的骑兵。1368 年明朝建立之后，经过二十一年的肃敌，明朝开始认认真真地修起了长城。

说起长城，我们不妨到英国看看同样颇具声名的哈德良长城。这道横贯不列颠最窄处的长城修建于罗马时期，比中国最早的长城修筑晚了近五百年。这条一百一十八千米的长城其象征意义大于其实际防御意义，代表了罗马帝国的富庶与强大，同时也向邻国传递出一个明确的信息：罗马帝国无意挥师北进。

英国的哈德良长城

而对于明朝来讲，东起辽东，西达嘉峪关的万里长城，是在向北方少数民族昭示大明朝的国力，同时也是在为自己划定一条心理的边界。身为汉人的明成祖朱棣还把大明朝的国都定在了少数民族定都的燕京，发出"天子守国门"的豪言壮语。北京，成为中原汉族有史以来最北端的一个国都，明朝也成为古代汉族的最后一个在北京建都的朝代。

明朝建国之初的雄心，转化为全国上下修城砌墙的壮举。明朝大将徐达、常遇春在西山之巅，下令在一段最险峻的山脊之上，修建一条用石条做城基的长城，长度达到三千米。这段长城自此成为样板，明朝惊天动地的筑城运动开始了。

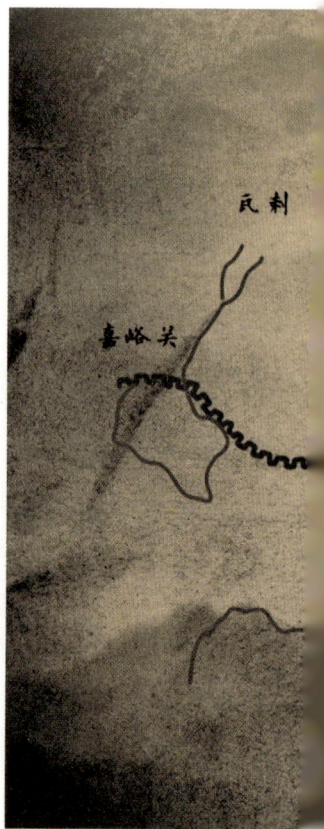

明长城分布图

但大西山也并非铁板一块。在崇山峻岭中，还是有一些不便行走的小路可以通过少量兵马，这些小路便成为入侵燕京的捷径，如果守方不用心防护，这些通道很可能引发亡国之灾。

石羊沟是京西断裂带的一部分，是少数可以从西北山谷中进入北京的峡谷之一。辽金时期就有金兵从此处袭入辽国，后金兵曾经将此山口堵死。明前期由于对此重视不够，1550年蒙古俺答部曾经有七百骑兵从此偷袭成功并直接兵临安定门城下。

石羊沟峡谷（北京市门头沟区）

从那以后，明朝便将沿河城一带的城防作为重点。

从沿河城向西就是沿河口。从沿河口再向西便到了黄草梁。黄草梁自古就是通往塞北的重要通道。传说蚩尤与黄帝战于涿鹿，曾通过于此；王翦灭燕经过于此；元灭金、明抵蒙古都曾在此激战，留下了诸多历史遗迹。明朝深知此地的重要性，在这一带的险关处

黄草梁（北京市门头沟区）

修建敌台。这里是天津关古道的咽喉要冲，是北京海拔最高的一处商道。黄草梁北一带，敌台丛密，城墙连缀，七座城楼于山体上连成一线，故称"七座楼"。由于黄草梁上的敌台施工细致，用料精实，虽经四百余年风雨剥蚀，至今仍保存完整、雄姿依旧。此处为内长城，北通居庸关，南达紫荆关，是北京西部的重要防线。

七座楼，北京海拔最高的一处商道（北京市门头沟区）

　　石羊沟往东一千五百米便是沿河城旧址。这个不大的地方是个军事防御堡垒。主门为东西向，西门面向蒙古，名为"永胜"，东门面向京城，名为"瑞安"。沿河城东西五百米，南北七百五十米，是京西唯一建有孔庙的村庄。

明代沿河城旧址（北京市门头沟区）

　　它形如大船，顺河流而建，沿河城的建立以及周边长城的修建，有效地守护着京城的安全。建城之后此处再无战事，守卫此处的兵士也乐得过着耕地戍边的安闲生活。

永胜门

　　无论是在山上大规模地建造长城，还是在山中一些通道峡谷驻守，汲取前朝教训的明朝对于王朝国都的保卫重视程度都堪称空前。

镇边城（河北省张家口市）

长城坚固、关隘把守，再加上大西山山脉东西盘踞，阻挡了外族袭扰进攻。史料证明，从沿河口至紫荆关从此无大战，这才使得这些以商道为主的山村得以完整保存，形成今天北京的西山民居文化。

富有特色的北京西山民居文化

当明朝政权行进到第二百四十八年的时候，位于中国东北的一股女真势力不断发展，1616年后金建立，一个名叫努尔哈赤的女真人，联合女真、蒙古各部开始向明王朝发难。

身经百战的努尔哈赤身上有无数刀伤、箭伤，但刀箭之利不足以阻止雄心的向南突进。精良的铠甲防护着勇士，然而，最终他死在了当时最先进的兵器——大炮之下。

明代大炮（河北省张家口市）

宁远之战中，袁崇焕率领坚守宁远的明军一万多人以十倍之差与后金军抗衡。当时明军引进西方技术制造了**红夷大炮**，带有炮耳和瞄准具，可以调节射程，最远可以达到一点九千米。红夷大炮使用"开花弹"弹片，具有极强的杀伤力，努尔哈赤就是在一次战斗中被弹片击伤，几个月后不治身亡。

宁远之战：宁远之战发生在 1626 年，后金与明朝在宁远（今辽宁兴城）进行的作战，明朝方面称之为"宁远大捷"，此战明军获胜，后金军战败，这也是明军首次打败了后金军。在此次战役中，明朝将领袁崇焕组织军民坚壁清野，协力共守，铲除奸细，凭坚城用大炮，配以火攻，杀伤后金军 1.7 万人，挫败了努尔哈赤夺占辽西和山海关的企图，使明朝军民重新树立了战胜后金军的信心。

使用"开花弹"弹片的红夷大炮

红夷大炮：红夷大炮的原型是欧洲在 1600 年前后制造的舰用长炮，明代后期传入中国，所有类似设计的火炮都被中国统称为红夷大炮，也称红衣大炮。它在设计上与当时明朝本国拥有的火炮相比，有很多优点，比如炮管长、管壁厚、口径大等。在引进该类火炮后不久，明朝就仿制成功。

李自成像（北京市昌平区环岛）

后来，崇祯皇帝杀了袁崇焕后，清兵一路南下，之后的独石口、宣化、大同防线相继失守。明朝此时只有招架之功，已无还手之力。

而从陕西起兵的李自成起义大军出潼关、过大同，打下居庸关天险。1644年李自成进了北京城。之后吴三桂放清兵入山海关。明朝在两线作战中灭亡。一个新的少数民族朝代兴起，大西山由边地，真正进入了皇家林苑时代。

重修长城是明朝的一项长远战略，花费颇多。可以说明朝成也长城，败也长城。一道城墙把明朝的视野限制在长城以内，而让长城外的部落慢慢成长，最后自取灭亡。

长峪城长城

1644年，清朝入驻北京，清朝开始了统一全国的战争。

1644年顺治帝迁都北京

清朝统治一个世纪后，远在大西洋彼岸的英国工业革命兴起。热兵器代替冷兵器成为战争的主力。工业的迅猛发展，让欧洲国家进入到现代文明。此时大清帝国的圆明园已经落成，乾隆主持修建的清漪园也在英国工业革命后的第二年完工。

圆明园

一个时代，不同国度的选择，历史演进的分野开始渐渐拉开。

欧洲的第一次工业革命初期，远在太平洋西岸的清朝正处于乾隆统治时期，此时位于四川的大小金川土司再次发动叛乱。为了让清兵练习攻城之术，清朝于1749年在香山团城修建演武厅，练习攻城之术，乾隆爷亲自阅兵。对于一心想效仿祖父康熙大帝的乾隆来讲，大小金川之战是他"十全武功"的第一战，就这样，远在四川千里之外的北京修建的这座碉楼群，便成为乾隆用来研究军事布阵的重要道具。

乾隆遵循着爷爷康熙的祖训："兵可百日不用，不可一日不备。"全心全力操练兵士，准备他的光荣之战。

健锐营演武厅（北京市海淀区香山）

位于北京植物园的碉楼

　　不知是西山阻碍了乾隆爷的视野，还
是他心中的自满使他看不到远方的世界。
当西方世界在迅猛崛起的时候，清朝也正
在悄然滑向没落的深渊。

　　此时，欧洲人已经开始野蛮开拓海外
领地；俄罗斯人也在彼得大帝的统治下走
出奴隶制社会，直接进入现代文明，他们
利用世界上最先进的热兵器向东进入西伯
利亚。马克思说："彼得大帝用野蛮的方
式，让俄罗斯民族由野蛮走向了文明。"

　　1793 年英国使团访华，在赠送给乾
隆的礼单中就有两支可以连发八发子弹的
加长马枪。然而，乾隆爷从礼品中并没有
看到玄机，他依然津津乐道于满八旗的弓
箭和骑兵。

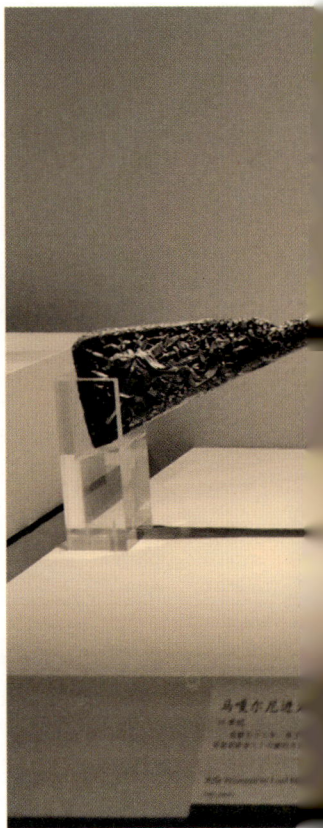

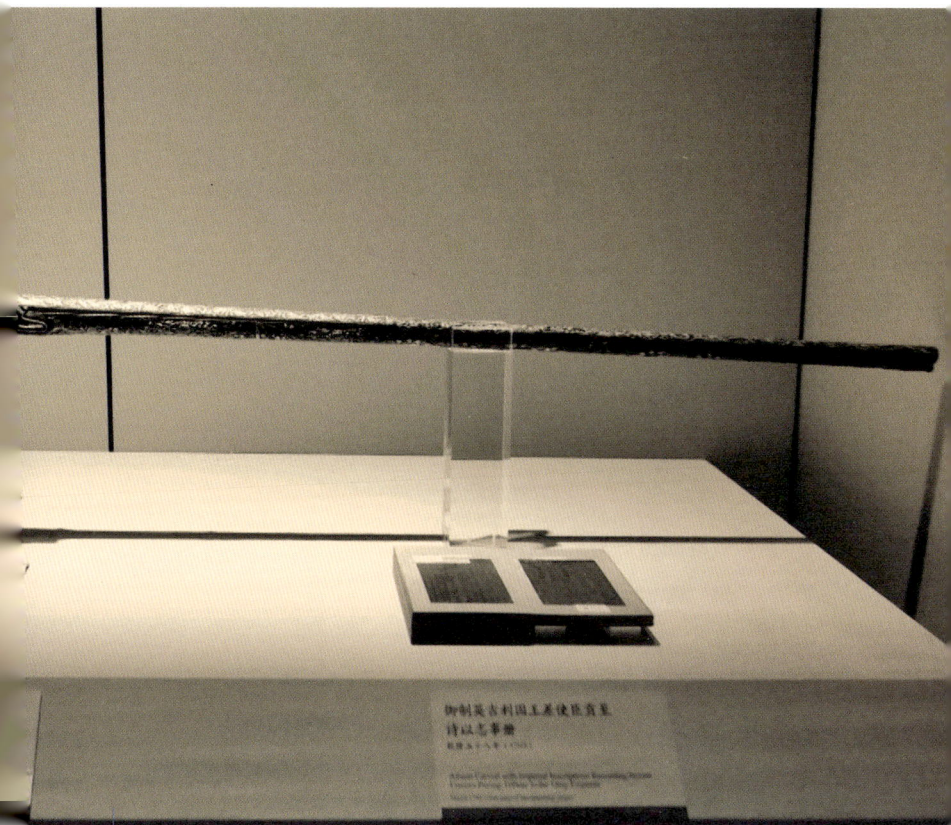

进贡枪支之一

六十七年后，当英法联军入侵八里桥时，满八旗还在用战马和大刀与英法联军的撞击式火帽步枪拼杀，在康格列夫火箭的射击下，瞬间千人倒地。英法联军随后一把火烧毁了圆明园，咸丰皇帝也在悲凉的逃亡中黯然死去。

可以说清初的鼎盛武功导致了其后不思进取，最终导致了颓败的结局。

在以海战决定国之交锋的时代，大西山成为皇家的后花园。明代修建的巍峨长城，成为百姓盖房取材的砖石料厂。

曾经拱卫都城的长城，已然失去了守护国家尊严的作用，一个闭关封锁的国度，最终在疲弱与乱局中走向衰微。

在船坚炮利下，清朝日渐式微

1937年卢沟桥事变，日本发动全面侵华战争。活跃在西山的抗日武装在距离敌人最近的地方，打击着侵略者，消灭着日军的有生力量，同时也建立起与敌后解放区之间的联络线。

平西人民抗日斗争纪念馆里陈列记录了1937年到1945年八年抗日战争中创建巩固平西抗日根据地的过程，以及许许多多抗日战士的付出和牺牲。馆后的山上，是平西烈士陵园，今天的人们回顾历史，仰望碑文，缅怀先烈。

纪念馆不远处有一座老帽山，这里曾是北方重要的抗日根据地。

平西抗日战争纪念馆（北京市房山区十渡镇）

　　"老帽山六壮士"是这里的骄傲，被鬼子逼到山崖边的六壮士，弹尽粮绝，为了不被侵略者俘虏，壮士们毅然纵身跳下悬崖，英魂永远地留在大西山。

老帽山六壮士

曹火星曾在华北联大文艺学院音乐系学习作曲和指挥，1943年十九岁的他借用当地民间《霸王鞭》的民歌曲调，在房山区霞云岭乡堂上村，创作了那首振奋中华民族的《没有共产党就没有新中国》。

南口战役是抗日战争期间抗击日本侵略军的一次重大战役。发生在北京西部的南口、居庸关及河北的怀来一带，中国军队以六万人对战日军七万人的攻击，在长达近二十天的战斗中，用热血、不屈和牺牲书写了悲壮而慷慨的战歌。

堂上村（北京市房山区霞云岭乡）

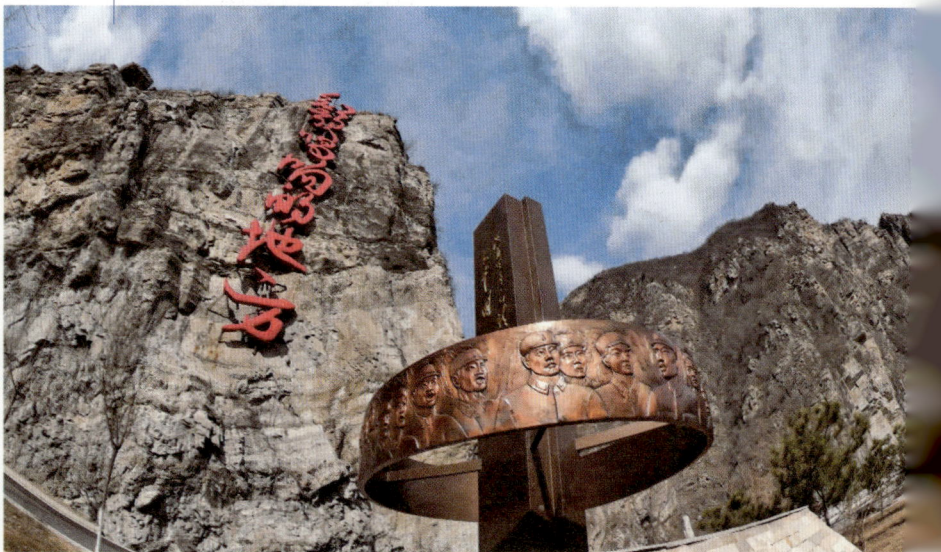

烽烟滚滚，透见黎明曙光，1949 年 3 月 25 日中共中央从西柏坡迁入香山双清别墅。在双清别墅，毛泽东主席指挥了渡江战役，在这里筹备了新政协，筹建了新中国，在这里写下了《人民解放军占领南京》的不朽诗篇。1994 年，双清别墅被命名为"北京市青少年教育基地"，这座西山之中的院落，成为展现那段决定中国命运历史的窗口。

如今西山是北京军区的驻地，同时这里还有一所全军军事科学研究的中心——中国人民解放军军事科学院。紧邻西山还有众多的与军事相关的学校及军事研究机构。

双清别墅（北京市海淀区香山）

　　五千年来，在大西山发生过无数次的争战。有金戈铁马的咆哮，
更有生灵涂炭的血色，攻防、胜败、死生，终究正将胜邪，善能胜恶。
山不是永固的屏障，山也不是不倒的依靠，大势所趋和人心所向才
是永恒，势如山，心如山，山自巍峨，山自永恒。

导演手记：

《大西山》是一次与众不同的策划

/ 第四集《烽烟》分集导演　杨晓春

三年前，北京电视台精心筹划，要将北京西山的"脉络"清晰地展现给广大观众。这是一次与以往不同的筹划，也就意味着，拍摄内容是烦琐的，拍摄角度是多维的，同时还要启用大量新的设备，才能满足导演组的审美与技术要求。

作为《大西山》这部纪录片的技术总监，我在接到这个任务的时候，先是觉得这样的一个主题非常有震撼力。毕竟之前包括北京电视台在内，也还没有过这样的"西山脉络"拍摄历史。大西山早于北京城的出现，从延庆、昌平、石景山一直蜿蜒到北京西南的房山等地，守护着北京 3000 多年的城市文明，曾被誉为"神京右臂"。也就注定了这是一部鸿篇巨制，绝不是单单的一两个小时的影片含量能讲清楚、说明白的。我很为北京电视台有这样的一个主题策划感到高兴，也很乐意为此做任何的付出。

拍摄虽然结束了，但回忆满满：

波折！波折！

为了拍摄大年初一的清晨，导演组人员在寒冷的后半夜，裹着厚厚的棉服就开始了爬山之旅。因为山路极不好走，开车铁定是不行的，只能走，每个人身上还要背着沉重的机器。迎着寒风往上走，大家伙儿只是看着脚下的路，脚踩在地上留下脚印时发出带着热量

分集导演杨晓春，正在拍摄镜头

摄制组在对门头沟区爨底下村进行航拍

的声音。这声音是美好的，因为很快我们就能迎来北京城新的一年的到来。晨光到来之前的夜色中，大家默默地守在山巅，对家和年的理解就更加真切。

去过七座楼的人都知道，它位于黄草梁上，有许多条道路可以到达山顶。徒步的话，要走 5 个小时的山路，要爬近 700 米的山。如果开车，走的是羊肠小路，两侧荆条划车，小石子满地，只能以每小时 20 千米的速度前行。

为了拍七座楼，我曾二上黄草梁。记得一次是 4 月份，下午 3 点从山下出发，到了山顶已经是晚上 6 点，太阳只剩一丝余晖。那一次没有拍成（实在可惜）。第二次是夏季，早晨 7 点从山下出发，到达山上已过 10 点，拍完就已经中午了。

没想到 1000 多个日日夜夜就这么过来了，哈哈！台里现在只要有同事听到《大西山》的事情，都多少了解其中的一些事情和花絮，但是在纪录片未上映之前，片子要给大家呈现西山的神韵和西山文化的震撼，是任何人都无法想象的完整和深刻。

新技术！新设备！

我 1987 年从北京广播学院（今中国传媒大学）毕业后进入北

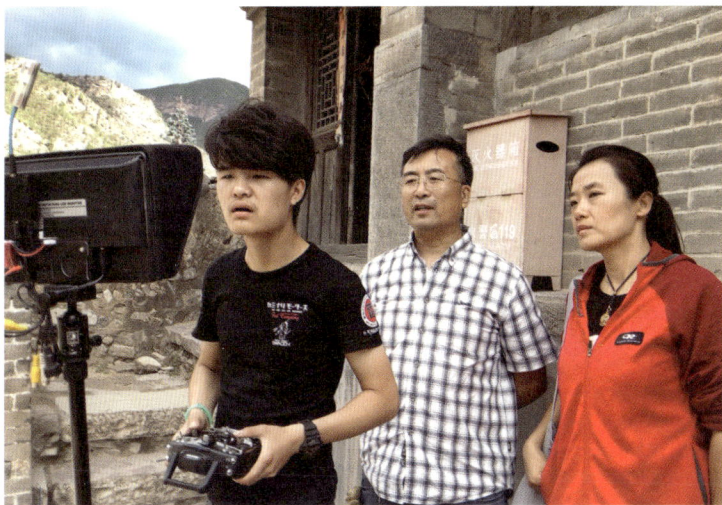

摄制组在门头沟区爨底下村进行航拍，右一为朱晓梅，右二为杨晓春

京电视台以来，先后在文艺部、对外部等部门工作过，今又转战到新闻中心。近 30 年拍片的积累，为《大西山》的拍摄留下了一些经验。

但是，在新时期下，要拍摄《大西山》这个主题，光有以前的经验是远远不够的。有的时候，经验反而会成为束缚。所以，拍摄团队里每个人都相互交流沟通、相互学习。我们还启用了新的拍摄手段，比如无人机。这给了大家新的创作灵感和思路。在"情景再现"部分，片子中还运用了很多二维手绘、3D 等手法来展现、再现历史情节，也非常有趣、生动。

意外！救人！

当然，拍摄的过程中，还有很多意外状况"闯入"了我的生活。比如，有一次在山上刚刚拍摄完毕，我就正好遇到了老哥儿俩，他们刚刚爬到山上。他们看见我开着车，就问能否搭车下山。我问咋回事，原来，老哥儿俩爬山前没吃东西，结果年纪较小的老人糖尿病犯了，两腿发软，浑身冷。当时情况很紧急，我就赶紧开车把两位老人送到了山下附近的饭馆里。老人后来感谢说，得亏遇见我了……

值得！值得！

现在，只要有时间，我还是会忍不住去西山那边拍摄。因为西山仍然有很多的美有待发现并记录下来。

1000 多个日日夜夜，我们坚持了下来。坚持就是胜利。在这么长时间的拍摄中，大西山的美被我们的镜头捕捉并记录了下来。这是一次与众不同的策划，我相信，我们的付出是值得的！

杨晓春正准备拍摄

图书在版编目（CIP）数据

香火·烽烟 / 王淳华主编 . — 北京：北京出版社，
2018.2

（大西山）

ISBN 978-7-200-13769-9

Ⅰ . ①香… Ⅱ . ①王… Ⅲ . ①电视纪录片—解说词—
中国—当代 Ⅳ . ①I235.2

中国版本图书馆CIP数据核字（2017）第323569号

大西山

香火·烽烟

XIANGHUO · FENGYAN

王淳华 主编

*

北 京 出 版 集 团 公 司
北 京 出 版 社　出版

（北京北三环中路6号）

邮政编码：100120

网　　址：www.bph.com.cn

北京出版集团公司总发行
新 华 书 店 经 销
北京博海升彩色印刷有限公司

*

889毫米×1194毫米　　32开本　　3.875印张　　45千字
2018年2月第1版　2018年2月第1次印刷
ISBN 978-7-200-13769-9
定价：45.80元
如有印装质量问题，由本社负责调换
质量监督电话：010-58572393
责任编辑电话：010-58572457